W9-BNQ-897

South San Francisco Public Library

3 9048 07508183 0

SSF

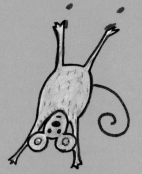

S.F. Public Library
West Orange
840 West Orange Ave.
South San Francisco, CA 94080

MAY   2009

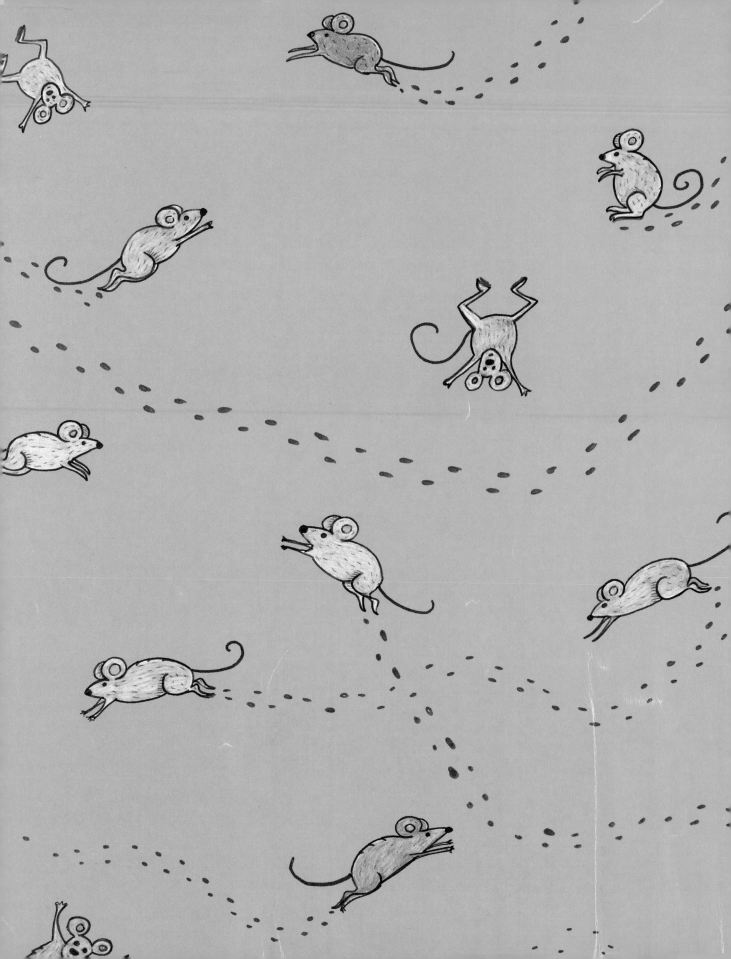

¡NO ES MI CULPA!

Nancy Carlson

ediciones Lerner/Minneapolis

Traducción al español: © 2007 por ediciones Lerner
Título original: *It's Not My Fault!*
Texto e ilustraciones: copyright © 2003 por Nancy Carlson

Todos los derechos reservados. Protegido por las leyes de derechos de autor internacionales. Se prohíbe la reproducción, almacenamiento en sistemas de recuperación de información y transmisión de este libro, ya sea de manera total o parcial, de cualquier forma y por cualquier medio, ya sea electrónico, mecánico, de fotocopiado, de grabación o de otro tipo, sin la autorización previa por escrito de Lerner Publishing Group, excepto por la inclusión de citas breves en una reseña con reconocimiento de la fuente.

La edición en español fue realizada por un equipo de traductores nativos de español de translations.com, empresa mundial dedicada a la traducción.

ediciones Lerner
Una división de Lerner Publishing Group
241 First Avenue North
Minneapolis, MN 55401 EUA

Dirección de Internet: www.lernerbooks.com

Library of Congress Cataloging-in-Publication Data

Carlson, Nancy L.
   [It's not my fault! Spanish]
   No es mi culpa / por Nancy Carlson.
      p. cm.
   Summary: When he is called to the principal's office, George hurries to explain that other people were to blame for the many things that went wrong during the day, from his late arrival to the escape of some mice.
   ISBN-13: 978-0-8225-6501-7 (lib. bdg. : alk. paper)
   ISBN-10: 0-8225-6501-3 (lib. bdg. : alk. paper)
   [1. Responsibility—Fiction. 2. Schools—Fiction. 3. Spanish language materials.] I. Title.
PZ73.C3714 2007
[E]—dc22   2006012784

Fabricado en los Estados Unidos de América
1 2 3 4 5 6 – JR – 12 11 10 09 08 07

En honor de la graduación
de Pat. Felicidades, "Mr. Cool".

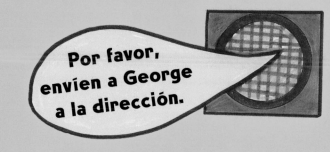

Un lunes por la tarde, mandaron llamar a George a la oficina de la señora Flom, la directora.

—Pasa, George —dijo la señora Flom—. Quisiera . . .

Antes de que pudiera terminar, George la interrumpió:
—¡Lo puedo explicar todo! Hoy llegué tarde, ¡pero **no es mi culpa!**

—Anoche me quedé despierto hasta tarde para ver mi película favorita en la televisión.

No sé qué sucedió, pero el despertador no funcionó
esta mañana y me quedé dormido.

—Tuve que correr por los pasillos para llegar a
clase a tiempo. Fue entonces cuando un niño de
preescolar chocó conmigo.

¡Mi almuerzo se regó por todas partes!
Tuve que limpiarlo y llegué tarde a clase.

—Así que el niño de preescolar tiene la culpa de que hoy llegara tarde.

—Pues, George . . . —dijo la directora.

—Está bien. Tampoco hice mis ejercicios de matemáticas, ¡pero **no es mi culpa!**

Como mi almuerzo se regó por el suelo esta mañana, hoy no pude comer.

—En la clase de educación física tenía mucha hambre,
así que tuve que comer un chocolate a escondidas.

El entrenador Ed me descubrió y me dijo que hiciera
cincuenta flexiones.

—Las flexiones me dejaron tan cansado que no pude prestar atención en la clase de matemáticas.

Así que por culpa del entrenador Ed no hice mis
ejercicios de matemáticas.

—Pero, George . . . —dijo la directora.
—¡Está bien! No pude atrapar los ratones,
¡pero **no es mi culpa!**

Lo único que hice
fue llevar la pintura
azul a mi pupitre
durante la clase.

—¡No fue *mi* culpa tropezarme!

Pero el señor B. me hizo quedar durante el recreo
para limpiar la pintura.

—Mientras trataba de limpiar la pintura, la jaula se cruzó en mi camino y se cayó.

—¡Y qué rápido corren los ratones
cuando están sueltos! Estaba tratando de atraparlos
cuando me llamaron a la dirección.

—Así que ¿la culpa de que no haya atrapado los ratones es suya . . . ?

—¡George! —exclamó la directora. —En realidad te llamé a mi oficina para preguntarte si querías estar en la patrulla escolar.

—¡Pero no es *mi* culpa que no tengamos tiempo
de hablar de ese asunto hoy! Estarás muy ocupado
después de clases: tienes que terminar la tarea de
matemáticas, limpiar la pintura y . . .

Cuando por fin George llegó a su casa, su madre le dijo:
—¡LLEGAS TARDE!
—Lo puedo explicar —dijo entre dientes George.

La directora hizo que me quedara después de clases
para terminar la tarea de matemáticas, limpiar pintura,
atrapar ratones, y todo por mi culpa.
−¿Por qué lo dices? −preguntó la madre.

—¡Porque no sé cuándo
mantener la boca cerrada!